LES

SONNETS DU SALON

(1878)

PAR

F. FERTIAULT

CLERMONT

IMPRIMERIE ALEXANDRE TOUPET

Rue de Condé, 72

—

1878

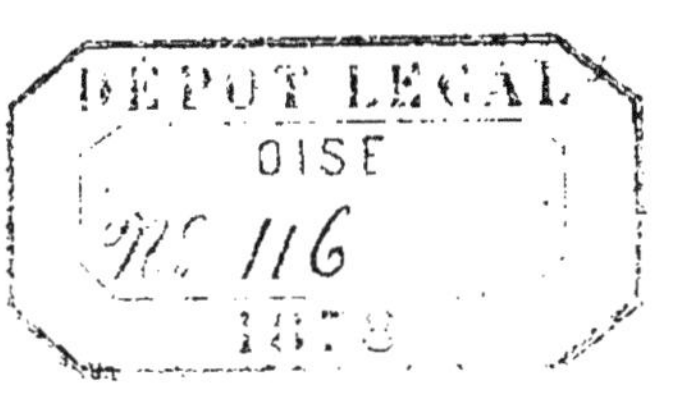

LES

SONNETS DU SALON

(1878)

Ces Sonnets forment la partie poétique des *Causerie d'un Flâneur* au Salon de 1878.

LES

SONNETS DU SALON

(1878)

PAR

F. FERTIAULT

CLERMONT

IMPRIMERIE ALEXANDRE TOUPET

Rue de Condé, 72

—

1878

PEINTURE

« NOUS VOULONS BARRABAS ! »

à Ch.-L. Müller.

Et Pilate, déjà troublé par un présage,
Leur dit : — « Pâques revient. En ce temps solennel
« La prison doit s'ouvrir devant un criminel.
« J'ai là deux prisonniers. Choisissez ; c'est l'usage.

« On pourrait... » Et son cœur, faiblement paternel,
Offre Jésus... — « Non ! non ! » Il cache son visage.
Pour ce peuple changeant Jésus n'est plus le sage :
— « Barrabas ! » clame-t-on. C'est le lot éternel ;

Le juste est le vaincu. Sur la place, en la rue
Une tourbe affolée et s'acharne et se rue,
Jetant à pleins gosiers : - « *Nous voulons Barrabas* !! »

Et Barrabas paraît, l'homme aux ardeurs malsaines,
Œil cave, poitrail nu, délié de ses chaînes,
Exulté par les cris et les rumeurs d'en bas.

PHILIPPA DE HAINAUT.

à Madame J. Calamatta.

Le pas des chevaux fait trembler la terre ;
Dans l'air retentit le clairon perçant,
Et les combattants à l'armure austère
Reviennent, l'œil fier, le front menaçant.

Du groupe s'exhale une odeur de sang.
Aucun des guerriers ne songe à le taire.
C'est une victoire où, d'un bras puissant,
S'est consolidé le roi d'Angleterre.

Le guettant venir du haut de la tour,
Son épouse est là, joyeuse à son tour,
Mais non de la lutte à l'ivresse amère.

Sachant tout au plus s'il est triomphant,
Elle a son trophée ... elle a son enfant :
— « Ami, vois de loin mon bonheur de mère ! »

LES PREMIÈRES MISÈRES D'UN JEUNE SATYRE

—

à Louis Priou.

—

C'est grave de venir au monde ;
Tout n'est point là pour nous bercer.
La vie est en peines féconde...
Enfant, tu vas la commencer.

Pour tremper ton corps frais dans l'onde
Une tige a su t'enlacer...
Preste ! que ton élan réponde
A la main qui va te pousser !

Mais, quel effroi ! Tes bras se tendent ;
De ton sein, de tes yeux s'épandent
Tes premiers cris, tes premiers pleurs.

Ah ! tu n'es encor qu'à l'écorce.
Reçois, pour conquérir la force,
L'âpre baptême des douleurs !

UN RÊVE DANS L'HERBE.

à Aimé Perret.

Aux bruits elle s'est arrachée.
Le calme des bois lui plait mieux.
Là, loin des regards curieux,
L'enfant sur l'herbe s'est couchée.

Elle n'est point effarouchée
De son réduit silencieux;
Tranquille, elle ferme les yeux.
Un léger sommeil l'a touchée.

On dirait que sous son front pur
Le ciel clair a mis son azur.
Un rêve en elle vient bruire,

Bien frais, bien tendre, bien charmant...
Car, en son chaste enivrement,
Sa lèvre s'ouvre pour sourire.

« LE BEAU NICOLAS. »

à Pierre Cottin.

Il est superbe en son allure.
Quel air ! — « Eh ! monsieur l'important,
« Prenez garde à votre encolure,
« Et ne vous rengorgez pas tant. »

Sa crête à molle dentelure
En arc-en-ciel pourpre s'étend ;
L'or, plus fin qu'une chevelure,
Lui met un corsage éclatant.

Sur son fumier, grave, il se dresse
Et, dans sa théâtrale ivresse,
Fait resplendir ses falbalas...

— « Achevez vite vos toilettes.
« Allons, mesdames les poulettes,
« Saluez « le beau Nicolas ! »

UNE GRAND'MÈRE.

à Madame Henriette Browne.

— « Grand'mère, tu n'es plus vaillante.
« Pour t'appuyer, voici mon bras.
« Je suis forte ; sois confiante...
« Je te conduis où tu voudras. »

Mi-rêveuse, mi-souriante,
L'Aïeule dit, hors d'embarras :
— « Merci, chère aube, qui, brillante,
« Dans mon soir m'accompagneras ! »

Et la bonne vieille, lassée,
Tremblante, la tête baissée,
Va, se charmant du souvenir.

Œil plus haut, la jeunette songe...
Dans le passé l'une se plonge ;
L'autre s'envole en l'avenir.

LE RENDEZ-VOUS MANQUÉ.

à Jules Goupil.

« Il n'est point venu ! L'heure est bien passée !
« Et d'un ton si sûr il m'avait promis !
« Je crois cependant que, dans sa pensée,
« Nous sommes encore un couple d'amis. »

« Sa chaude prière était exaucée.
« Pourquoi ce dédain du bonheur permis ?
« Oh ! si de son cœur j'étais effacée ?...
« J'ai du vague en moi ; je crains, et frémis.

« Mais, c'est bien longtemps rester incertaine.
« Pour lui je reprends mon humeur hautaine ;
« Je veux le traiter comme un inconnu.

« S'il vient, sans broncher je ferme ma porte ;
« Je... — Mon Dieu ! peut-on agir de la sorte !...
« L'heure est bien passée... Il n'est point venu !!... »

UN BUCHERON.

à Pierre Billet.

Pour le travail, à lui la pomme.
Du coq dès qu'il entend la voix,
A bas ! plus de lit, plus de somme,
Et vite en route vers le bois !

Il n'est pas rêveur, le brave homme.
Son pain lui vient par ses dix doigts
Et, n'importe comme il se nomme,
Il vous met un arbre aux abois !

Que lui fait le frais de l'ombrage ?
La cognée et son rude ouvrage
Lui vaudront un petit magot.

Il abat tout, l'orme et le chêne.
Le soir, las, pour reprendre haleine,
Il fume, assis sur son fagot.

L'AMOUR BERGER.

à D.-U.-N. Maillart.

Tu te tiens l'œil au guet; oui, tu fais bonne garde,
Un chien à tes côtés et ton arc pour bâton.
Mais, petit éveillé, je cherche, je regarde...
Eh! ton troupeau, dis-moi, malin, où le voit-on?

Sur l'herbe, de nouveau, mon regard se hasarde,
Et n'y trouve, sais-tu, ni chèvre, ni mouton.
J'y sens comme un soleil du cœur, qui glisse et darde...
Je n'ai qu'à me tenir et qu'à changer de ton.

— Qu'ils sont beaux! qu'ils sont purs, et pleins de [confiance!
Des choses de la vie ils n'ont pas la science,
Émus, charmés, rêveurs, ils se laissent plonger

Dans les enivrements d'une douce oubliance. —
A leur émotion es-tu bien étranger?...
O gardien tout de ruse! ô dangereux berger!

RÊVERIE.

—

à A.-L. Galbrund.

—

— « Toi, qui n'avais repos ni trêves,
Bras immobiles, je te vois !
Et ta tâche ? Pour cette fois,
Jeanne, est-ce ainsi que tu l'achèves ?

« Tu n'as donc plus tes fortes sèves ?
Prends garde aux séductrices voix.
La laine dort entre tes doigts...
Tu parcours le pays des rêves. —

« Il est souvent doux de rêver,
D'être deux, et de s'enlever
Loin, loin des tracas de ce monde;

« Mais tout charme doit tôt finir.
Allons, Jeanne, il faut revenir
Sous peine de... Vite ! ou je gronde ! »

LA LEÇON D'ASTRONOMIE.

—

à J.-E. Aubert.

—

Le jour s'éteint. Calme, le soir
S'éclaire, en haut, de lueurs blondes.
Pour sonder les célestes ondes
Un couple, avec toi, vient s'asseoir.

Tu sais tout ce qu'on peut savoir.
Tu leur dis les routes profondes
Que parcourent sans fin les mondes ;
Tu montres ce qu'on ne peut voir.

Mais, à côté de tes planètes,
Il est un feu, que, sans lunettes,
Les chers enfants suivent bien mieux.

Sans écouter beaucoup leur maître,
Ils sont très-studieux peut-être...
L'amour n'emplit-il pas les cieux ?

LE CLOITRÉ.

à James Bertrand.

Le candide lutteur dans le cloître a cherché
L'épreuve pour son corps, mais la paix pour son âme.
Pensant arrêter l'onde ou comprimer la flamme,
Sur le parfum mystique il s'est longtemps penché.

Il a cru de son cœur l'impur germe arraché ;
Il a cru dans son mal avoir planté la lame;
Ce feu brûlant en lui, cette image de femme,
Il a cru que le jeûne avait tout desséché.

Pauvre malade ! En lui tout se débat encore ;
Entre ces murs glacés sa bure le dévore,
Et le rayon du ciel demeure sans vertu.

Il veut se vaincre, et tombe. Il pleure, s'abandonne,
Supplie...— « Ah ! sous les traits de ta chaste madone,
« Qui donc, martyr d'amour, qui donc embrasses-tu? »

PETITE CRIBLEUSE DÉFENDANT SON GRAIN.

à Louis Deschamps.

— « Voyez un peu, je vous demande !
C'est ça ! pourquoi donc vous gêner ?
Abattez-vous, troupe gourmande !
Bec large ! on va tout vous donner !

« Voulez-vous bien !... Ça ! qu'on s'amende !
Au loin ! il faut s'en retourner.
Poussinets, c'est moi qui commande...
On ne vient pas, là, gloutonner.

« Eh ! vraiment, ce serait commode !
Vous n'auriez qu'à mettre à la mode
De picorer ainsi chez nous !

« Allons ! allons ! la voletaille,
Finissons vite la bataille...
Mon blé n'est pas criblé pour vous ! »

LA RECHERCHE DE LA VÉRITÉ.

à F.-C. Compte-Calix.

Bien! Jeune et gentille émissaire,
Tu t'approches du puits profond,
Et d'un œil candide et sincère,
Tu regardes jusques au fond.

L'on prétend que cette onde enserre
La Vérité... qui s'y morfond,
Et tu veux, mon mignon corsaire,
L'en sortir... Peu d'hommes le font.

Cherche! Chercher est méritoire.
La découvrir serait notoire.
Courage! et tâche d'arriver...

Mais poursuis-tu la tentative?
Et, l'opiniâtre fugitive,
Désires-tu bien la trouver?

SOUVENIR DE JEUNESSE.

à Émile Salomé.

Ils ont dîné tous trois : le couple octogénaire,
Puis un bon camarade. Ils babillent en chœur.
Ils ne sont pas méchants ; le rire débonnaire
Va mieux à leur esprit que le rire moqueur.

Sobres, ils ne sont pas sortis de l'ordinaire ;
Mais tous ont, d'un vieux vin, ragaillardi leur cœur.
Comme ça fait du bien ! comme ça régénère !
C'est du soleil !... — « Eh ! eh ! tu prends ton air
[vainqueur ?

« Tu rajeunis, ma foi ! De ta pipe allumée
Ta lèvre, à coups friands, va tirer la fumée.
Rose boit son café sans se faire prier.

« Regardant ton voisin, tu clignes la paupière.
Ta compagne sourit... Vous souriez... Ah! Pierre!!...
Quel souvenir, coquin, viens-tu de réveiller ? »

LE DANTE.

—

à P.-C. Comte.

—

— « Là-bas, où le sentier s'encombre,
Voyez vous ce point radieux?
Le bois tout à l'heure était sombre ;
Une aurore brille à nos yeux !

« A travers les vieux troncs sans nombre,
Un être, au pas mystérieux
Et lent, s'avance, éclairant l'ombre...
Serait-ce un envoyé des Cieux ?

— « Non pas ! c'est lui ; c'est l'homme étrange
Pour qui la nature dérange
Et sa marche et ses lois de fer ;

« C'est lui, l'homme à la course ardente,
Le voyageur terrible, Dante,
Celui qui revient de l'Enfer !!!... »

LA LEÇON DE DESSIN.

à Madame A.-E. Leleux.

Le crayon aux doigts, mais d'une main lente,
La fillette est là, croquant un dessin ;
Et le professeur, grand maître... en larcin,
Cherche à lui glisser sa lettre brûlante.

A la mère assise... et non somnolente :
— « Pour mieux réussir le petit poussin,
« Il faudrait Buffon, » dit-il à dessein,
Trouvant à part lui l'idée excellente.

La mère se prend au vœu du brouillon,
Lui tourne le dos, court vite au rayon,
Fouille avec ardeur... Bonnes hypothèques !

A la belle enfant la lettre a passé.
Le « petit poussin » est presque effacé...
A quoi servent donc les bibliothèques !

LA RENCONTRE D'UN VIEIL AMI.

à Mademoiselle Emma Squire.

— « Ah ! le voilà ! je le retrouve,
L'ami cher qui m'avait quitté !
Quelqu'un me l'avait emprunté...
Tout emprunteur a cœur de louve.

« D'ici voyez son œil qui couve,
Ses doigts qui vibrent d'âpreté.
Emprunté veut dire *emporté*...
Te revoilà ! quel bien j'éprouve !

« A quoi tient de t'avoir manqué !
Il fallut venir sur ce quai,
Et fouiller dans des coins sans nombre.

« Cher livre ! ô jour trois fois heureux !
— « Combien ? » Je paie en généreux
Et cours, chez moi, le mettre à l'ombre. »

SCULPTURE

LES PREMIÈRES FUNÉRAILLES.

à E.-L. Barrias.

— « Tendre et si cher Abel, ô toi que j'ai porté,
« Doux germe éclos de moi, notre amour, notre joie,
« Toi qui nous consolais, faut-il que je te voie
« Pâle, en sang, l'œil éteint, contre le sol jeté !...

« Quel âpre châtiment le Seigneur nous envoie !... »
Adam est là, debout, sur le sable arrêté.
Il veut soutenir Eve, en pleurs à son côté...
Et les mornes époux se traînent sur la voie.

Relevant dans leurs bras leur Abel si chéri :
— « Ce n'est que par Caïn qu'il peut avoir péri !... »
L'horrible certitude en leur cœur les opprime.

Par leurs soins, le cadavre en terre est descendu...
Ils viennent de sentir, depuis l'Eden perdu,
La première douleur naissant du premier crime !

LE CHERCHEUR D'OR.

à Arthur de Gravillon.

De son pic, bien des jours, il a heurté la terre;
Il a fendu le sol d'un bras ferme et fiévreux.
Sa pauvreté, longtemps, a guetté le mystère
Du « soleil » que le roc cache dans ses flancs creux.

La fortune!... Il la rêve. Il s'épuise à se taire;
Le moindre œil indiscret rend le chercheur peureux.
Il vient de se glisser, furtif et solitaire....
Il usera ses doigts pour revenir heureux!

Homme, tu vas livrer ta plus rude bataille.
Tu fouilles le *placer* et, d'entaille en entaille,
Tu crois toucher au but qui se dérobe encor.

Hourra! quel cri!!... Ta main tremble, ton cœur [palpite...
Tu la tiens! .. Ton regard frémit sur la pépite...
Riche! Te voilà riche!!... âpre bonheur que l'or!

MADAME ROLAND.

à Max Claudet.

On l'appelle. Aujourd'hui, pour elle a sonné l'heure.
A son tour de glisser sous le rouge niveau.
Virile, elle n'a rien de la femme qui pleure ;
Empressée, elle sort de l'humide caveau.

Peut-être elle se dit que ce monde est un leurre;
Que vivre ne vaut pas qu'on creuse son cerveau,
Et dans sa soif d'air pur, l'horizon qu'elle effleure
L'enivre-t-il déjà de son souffle nouveau?

Devant les prisonniers, calme et forte, elle passe.
On dirait qu'elle aspire à raccourcir l'espace,
Esprit libre et mutin que nul souci ne mord.

Elle atteint, de son pied léger, les marches sombres,
Les descend, montre un cœur qui n'emporte point
[d'ombres,
Et part, comme une enfant, souriant à la mort!

LA DANSE.

à Louis Grégoire.

« Io !... » La voix éclate. Un signe de la main,
Un appel du tambour qui sous le doigt crépite,
Et voilà que le groupe, ivre, se précipite,
Ne voulant pas laisser une heure au lendemain.

Haut le thyrse ! Des chants ! Dans l'air chaud qui palpite
L'enfançon tapageur vous ouvre le chemin :
Résumez, en vos bonds, tout le plaisir humain ;
Sur le sol frémissant allongez votre orbite !

Souples, penchez vos corps. Aux rhythmes souverains,
La tunique légère a dépouillé vos reins...
Tourbillonnez toujours, et loin soit l'heure austère !

Allons ! que sans retard, de vos ébats d'oiseaux
Vos pas aériens dessinent les réseaux...
« Maintenant, d'un pied libre il faut frapper la terre ! »

DESSINS

CAMPAGNE DE CHEVREUSE.

à Henri Réyé.

Vienne, oh ! vienne le voyageur !
La ramure est ensoleillée
Par en haut, mais, sous la feuillée,
Le sol a gardé sa fraîcheur.

Pour le poëte ou le chercheur,
La nature semble éveillée...
Un torrent ! La terre, entaillée,
Se creuse, en obstacle au marcheur !

Bah ! pour si peu qui donc s'arrête ?
La cognée au désir se prête :
Neuf coups, trois arbres sont à bas,

Et sur leurs troncs, quoiqu'il arrive,
On peut passer à l'autre rive...
— Je suis bien ; je n'y passe pas !

LE DUO.

à Gustave David.

L'un tient la flûte entre ses doigts ;
L'autre, un souple archet, qu'il promène
Sur les cordes qui sont des voix...
Mais, las ! une fois par semaine !

Doux accords, que cent et cent fois
Pareil rendez-vous vous ramène !
O merveille ! L'âme du bois
Qui fait frissonner l'âme humaine !

Bons amis, par votre unisson
Montrez-nous le pouvoir du son.
Maints cœurs ont des courants contraires ;

Qu'ils viennent donc vous écouter :
Jouer de la sorte est chanter ; ...
Chanter ensemble est être frères.

PEINTURE

* LE RETOUR DE LA PÊCHE.

à R. Forcade.

C'est une grande et simple scène :
Le soleil plongeant dans les eaux,
Et les pêcheurs, loin des roseaux,
Tirant, tirant leur lourde senne.

Les femmes, — ô vision saine ! —
Ayant laissé lin et fuseaux,
Consolent les porte-réseaux
Des coups que la misère assène.

De leurs yeux, bleus comme la mer,
Elles enlèvent, douces fées,
Ce que la fatigue a d'amer.

Puis, de beaux poissons pour trophées,
Chacun rentre au nid à son tour,
Heureux des durs labeurs du jour.

SCULPTURE

*JUDAS.

à Ernest Devaulx.

Il se fuit. De son cœur rongé le fiel déborde.
Comme une fauve, il court, il rampe. Il croit sentir
Sur son front, sur ses reins un bras s'appesantir...
Plus de pardon! pour lui plus de miséricorde!

Son pied se crispe au tronc dont le gouffre se borde;
Il s'enfonce son ongle au flanc; le repentir,
Le remords, tout l'écrase... Il veut s'anéantir,
Et sa tête a passé par le nœud de la corde.

Son corps glisse. Du sol, l'indigne, rejeté,
Tombe dans la lugubre et juste éternité...
Désormais, d'un sens clair, son nom veut dire:
[« Traître. »

Qu'a-t-il fait, le coupable, au-delà du permis?
Pour s'en punir si fort, quel crime a-t-il commis? —
L'infâme!... Il a vendu son maître, son doux maître!!

CHAMP-DE-MARS

(*FRANCE.*)

LIQUEUR DIVINE.

à Gustave Doré.

Les voyez-vous?...— ô tourbe, ô fourmilière humaine! —
Ils n'ont, pour se hisser, ni colonnes, ni fûts;
Mais tous veulent tenter l'assaut de leur domaine
A travers les rameaux et les pampres confus.

Aux flancs, au col du Vase un feu puissant les mène...
Des premiers aux derniers, par les sentiers touffus
Montez, groupes ardents! aux sommets se promène
La foule des heureux... Là-haut, plus de refus :

C'est la vigne mystique et le vin de l'Idée;
Le nectar que nous tend la coupe escaladée,
C'est la sève, le sang des générations.

Or, pour le conquérir, il faut qu'on s'évertue...
— Gravissons donc la route incessamment battue!
Chantons l'*Excelsior* des nobles passions!

(*ANGLETERRE.*)

APRÈS LE TRAVAIL.

à H. Herkomer.

La journée est finie, et chacun se repose
Tout le long de la route, aux vieux seuils des maisons.
Près d'un dormeur qui ronfle, on fume, on rit, on
[cause
A la maman qui chante au baby ses chansons.

Une jeunette, assise au rouet, se dispose
A laisser la bobine. Une autre a ses raisons
Pour rêver ; sur le bord de l'auge elle se pose,
Et contemple l'eau fuir à travers les gazons.

Or, sur ces travailleurs lassés l'air est tranquille ;
Rien des souffles bruyants qui font bouillir la ville
Ne passe par la rue et l'agreste chemin.

Bientôt causeurs, flâneurs iront gagner leur porte
Et dormir... Le repos de ce soir réconforte
Et prépare les bras au labeur de demain.

(*NORWÈGE.*)

L'ASGAARDREID.

à P.-N. Arbo.

Lointain, un bruit s'approche, augmente, emplit les
[airs.
Tout vibre. — La voilà, la file qui commence!
C'est la troupe sans frein, la multitude immense
Qui, toujours galopant, franchit les hauts déserts.

Quel vertige! quels bonds! Est-ce peur, ou démence?
Non; ces cavaliers morts vont, selon les diserts,
Sur leurs chevaux aux yeux de flamme, aux sombres
[airs,
De leur état futur préparant la semence:

Ils n'ont point fait assez ni de mal, ni de bien,
Et leur pélerinage étrange est un moyen
De purger ce qui reste encore en eux d'immonde.

Chez les Ases, tout purs, un jour ils entreront. —
D'ici-là, quels chemins ces punis parcourront!...
Leur course doit durer jusqu'à la fin du monde!!!..

(*SUÈDE*)

LA CURIOSITÉ

à Mlle Sophie de Ribbing.

— En passant, avez-vous pris garde ?
Il ne faut pas la gourmander.
Voyez-donc comme elle hasarde
Son coup d'œil, sans rien demander.

En son fragment de glace, darde
Un regard, qui cherche... — à sonder ?
— Non ; la fillette se regarde
Pour... ma foi ! pour se regarder.

Un garçonnet, par derrière elle,
Fait de grands efforts de prunelle,
Voyant mal ce qu'elle voit bien.

Maintenant, est-elle jolie ?
C'est le premier point qu'elle oublie...
Elle n'en sait encore rien !

(*ITALIE.*)

LES FABLES D'ESOPE.

à R. Fontana.

Court, sec, le buste tors et l'épaule élargie,
Un mont sur la poitrine, un autre sur le dos,
Il paraît, à la fois, porter deux lourds fardeaux;
Et, comme sous l'effort, sa face en est rougie.

Pour lui, vrai! la laideur a fait presque une orgie.
Mais, il parle! on l'écoute... Il est de chair et d'os,
Et d'esprit... Quel sens clair! Ses mots sont des [cadeaux.
On attend les trésors du bossu de Phrygie.

C'est l'affabulateur qui peut, à point nommé,
A ses lèvres tenir tout un cercle charmé,
Auditoire qu'il aime et comble avec largesse.

Il creuse, il sait toucher du doigt le cœur humain...
Souvent son apologue a montré le chemin.
Dieu dans ce corps difforme avait mis la sagesse!

(*HONGRIE.*)

MILTON DICTANT «le Paradis perdu» à SES FILLES

à M. Münkacsy.

Le poëte a fini sa guerre de pamphlets.
De son labeur géant il poursuit la revue.
Il n'a pas, dans sa nuit, des parcours moins com-
[plets...
Dieu lui ferma les yeux pour agrandir sa vue.

En l'espace, qu'il dompte, il perçoit maints reflets;
De reliefs, de couleurs sa pensée est pourvue;
Il ressaisit l'Eden comme dans des filets;
De l'Enfer et du Ciel la lutte est entrevue.

Plein des mille splendeurs qu'il voit en l'univers,
Le noble aveugle est là, faisant, dictant ses vers,
Trésor qu'on lui prendra bientôt pour une obole.

Et ses filles? Voyez quel avenir si grand :
Déborah deviendra femme d'un tisserand...
O génie! O misère!... O douloureux symbole!...

(*RUSSIE*)

LES TORCHES DE NÉRON.

à H. H. Siemiradski.

Il revient... couronné ! Pour le tigre, c'est fête.
Il rentre dans sa Rome en triomphe, acclamé.
Allons, les complaisants ! votre litière est faite ;
Le fou va se conduire en prince bien-aimé.

Lui si grand, lui qui met son talon sur le faîte,
Il veut vous éblouir ; son projet est formé.
Ouvrez tout grands vos yeux. Il n'est mage ou prophète,
Qui soupçonne l'éclat dont vous serez charmé.

Trente chrétiens sont là... jamais il ne lésine :
— « Entourez-moi ces corps de branches, de résine ;
« Hissez-les... et, ce soir, vous verrez quels flam-
[beaux ! »

L'ombre vint. Sans jeter les moindres épouvantes,
La nuit s'illumina de ces torches vivantes,
La plèbe applaudissant, hurlant : — « Ces feux sont
[beaux ! »

(SUISSE)

PROMÉTHÉE SECOURU

À Fr. Zuber-Buhler.

Le vautour est repu, féroce, mais lassé,
Du Caucase saignant il a quitté la cime.
Le bourreau donne donc relâche à sa victime ?...
Oh ! de l'apaisement le souffle a-t-il passé ?

Oui. Calme-toi, martyr à ton roc enlacé ;
Laisse adoucir ton mal, ô torturé sublime !
Des bras montent vers toi de l'ondoyant abîme,
Et sur ton sein brûlant versent le flot glacé.

De bienfaisantes mains étanchent tes blessures ;
Du monstre elles voudraient conjurer les morsures...
La femme est le soulas de notre humanité.

Respire !... car déjà dans l'air un œil flamboie.
L'oiseau, bec altéré, vient remordre à sa proie...
Retrempe ton courage en la douce bonté !

(*BELGIQUE.*)

LA BERCEUSE.

à F. Willems.

Elle vient, la mère enivrée,
De donner le sein à l'enfant,
Et ce sein pur, splendeur marbrée,
Nulle gaze ne le défend.

Chère nourrice, elle est parée
De cet abandon triomphant.
Pour sa créature adorée
La voilà de joie étouffant.

D'une main légère elle berce
Le frais lutin, qui se renverse
A l'ombre du mobile arceau.

Douillettement mis en son lange,
Comme il va bien s'endormir, l'ange,
Au rhythme discret du berceau !

(*PAYS-BAS.*)

LES AMIS DE LA MAISON.

à David Bles.

Est-ce une tentatrice, une Eve,
L'amphytrionne à l'œil brillant?
Elle avance la main, riant,
Choisit une pomme, et se lève.

Jusqu'à monsieur l'abbé, qui rêve,
Elle arrive. Là, le priant,
Elle fait, d'un ton attrayant,
Son offre gracieuse et brêve.

Que sent-il en dedans de lui?
Je ne sais quel éclair a lui,
Mais, malgré la prière douce,

Il n'y veut pas porter la dent...
D'une main émue il repousse
Le fruit qui fit tomber Adam.

(*AUTRICHE.*)

LA MAISON MORTUAIRE.

à E. Kurzbauer.

Avec quelle fureur et quelle âpre vitesse
Le nuage s'abat, le malheur frappe au seuil!
Un rayon éclairait la famille... O tristesse!
Le rayon s'est éteint. La demeure est en deuil.

Partout les noirs apprêts de la lugubre hôtesse;
A tous des plis au front, et des larmes à l'œil...—
Eh! voici les enfants! Hâtifs, pleins de sveltesse,
Ils viennent se grouper aux abords du cercueil.

Ils ne soupçonnent rien, non, du terrible drame.
Pour eux la vie est rose, et sur sa molle trame
Souffle la même brise et brille le même or.

Aussi, lâchant la bride à leur verve mutine,
Jaseurs, ils font sonner leur parole argentine,
Jetant leur clair sourire au milieu de la mort.

(DANEMARK.)

JEUNE FILLE QUI ÉCRIT UNE LETTRE.

à G. Dalsgaard.

Elle n'a pas tenu rigueur,
La gentille et rustique hermine ;
Elle a penché sa douce mine,
Et ses doigts vont avec vigueur.

Ça coule comme une liqueur...
Pendant que sa plume chemine,
Son frais visage s'illumine
De l'amour qui rit en son cœur.

Fortuné gars, le gars qu'elle aime !
Soucis, transes, douleur extrême,
Chocs, ne l'épouvanteront pas.

Elle ira, d'un élan modèle
Et, compagne forte, fidèle,
Sera sienne jusqu'au trépas.

(*ESPAGNE.*)

L'EXORCISME.

à S. Martinez del Rincon.

Dans le riche salon chacun se désespère;
Tout regard est craintif, et tout sein est broyé.
Sur les serviteurs pèse un air morne. Le père
Devant le crucifix tient son front foudroyé.

L'Église entre, s'armant comme pour un repaire,
Ordonnant par la voix sombre d'un envoyé :
— « Si le démon est là, qu'un miracle s'opère... »
A ce vœu, le repos sera-t-il octroyé ?

Non. La femme se tord, s'arrache la poitrine.
Hélas ! contre son mal que peut votre doctrine ?
Ne la torturez pas ; l'effort est impuissant.

Vous n'avez point le mot du feu qui la dévore.
Entonnez vos répons ; jetez l'eau sainte encore...
Vous n'éteindrez jamais ce qui bout en son sang !

(RÉPUBLIQUE ARGENTINE)

LA PETITE MARCHANDE.

à Mendilaharzu.

Panier au bras, jupe incomplète,
S'arrêtant, lasse, par moment,
Le long du chemin, la fillette
S'en va mélancoliquement.

Elle offre à tous sa violette,
Qu'on lui refuse poliment,
Lorsqu'on devrait en faire emplette,
Pour elle, avec acharnement.

Elle aurait pu, jeune, adulée,
Prendre bien plus haut sa volée ;
Mais, prudent, son désir s'est tû.

La digne enfant veut rester sage...
Avec sa loque à son corsage,
Elle a le prix de sa vertu !

(*ÉTATS-UNIS.*)

SOLITUDE

à W.-P.-W. Dana.

La mer, la vaste mer! - Rien de l'homme ou du monde
Rien du sol tant foulé, rien de l'être vivant;
Rien que l'immensité, l'immensité de l'onde;
Rien que l'horizon bleu, rien que le flot mouvant!

Sur le ciel, estompé d'une teinte profonde,
Les nuages, qui vont en avant, en avant,
Et, derrière ces blocs gris-noirs, la lune blonde
Essayant de percer, mais, las! ne le pouvant!

On a peur, on s'effare... Ah! que la créature
Sent bien l'infimité de sa pauvre nature!
Vaniteux, qui se croit si fort et si subtil,

Devant cet océan qui sans fin se déroule,
Devant ces déserts d'eaux que change en monts la
[houle,
Le tout petit ciron d'ici-bas, que peut-il?

(ALLEMAGNE.)

HEURE D'ANGOISSE.

à E. Hildebrandt.

Le père n'a plus sa raison ;
La mère en sa douleur se noie
Devant l'enfant, jadis la joie
Et l'ivresse de la maison.

Il râle, tombe en pâmoison;
La mort veut en faire sa proie.
Froide, la pâleur se déploie
Sur ses traits... L'horrible saison!

Autour du lit comme on épie!
C'est trop qu'un tendre amour s'expie
Par ce frisson qu'on sent courir.

O doux ami! cher petit être!
Ne va-t-il plus les reconnaître?...
Va-t-il vivre?... va-t-il mourir?...

(*GRÈCE.*)

CRUELLE NÉCESSITÉ.

à D.-P. Pantazis.

Qu'il est déchu, le virtuose ! —
Après tout ce qu'il a rêvé,
Ventre creux, tête nue, il ose
Venir jouer sur le pavé !

Quel déboire a-t-il éprouvé
Avant de tenter cette chose ?
Lui, cœur noble, esprit élevé...
Douloureuse métamorphose !

L'archet tremble et n'en dit pas long...
Gagnera-t-il sur son violon
Le morceau de pain nécessaire ?

Ou s'il lui faudra succomber ?... —
Destin cruel !... Oh ! voir tomber
Ces coups de poing de la misère !

(*FRANCE.*)

L'INTERDIT.

à J.-P. Laurens.

L'Eglise a fulminé la terrible sentence. —
Partout temples déserts, culte mort ; aux chrétiens
Les seuils, jadis bénis, fermés comme à des chiens ;
Partout la dure, et longue, et morne pénitence.

A l'implacable édit qui ferait résistance ?
Contre un pareil pouvoir nul abri, nuls soutiens.
Et du sang, et du cœur se rompent les liens...
Chacun gémit, traînant sa lugubre existence.

Puis, l'on tombe... O spectacle !... Arrachés de leurs [lits,
Les cadavres, loin d'être en terre ensevelis,
Hideux, corrompant l'air, pourrissent dans la rue ;

Le ruisseau se détourne où le terrain s'obstrue...
Deuils de l'âme et du corps, d'où que soufflent les [vents,
Vous portez vos poisons, vos terreurs aux vivants !...

LE SOIR.

—

à J.-J. Henner.

—

Seule, suivant la route ardue,
Indolente, le pas rêveur,
Vers la source elle s'est rendue,
Recherchant l'humide saveur.

Pendant qu'elle songe, étendue,
Foulant le tertre avec ferveur,
La nuit sur elle est descendue
Tendre et molle, nuit de faveur.

Par je ne sais quelle aventure
Elle a dénoué sa ceinture,
Et, là, — merveille des accords, —

On contemple, étoile de l'ombre,
En son nid de verdure sombre,
Le blanc marbre de ce beau corps.

GLORIA VICTIS!

à M.-J.-A. Mercié.

« *Vœ victis* ! » avait dit le Brennus de la Gaule,
Les yeux altérés d'or, un âpre orgueil au cœur,
Alors qu'écrasant Rome, il secoua l'épaule
Pour jeter au plateau son glaive de vainqueur.

Vœ victis ! Mot féroce et que l'horreur contrôle.
Qu'un autre cri, chez nous, sorte et prenne vigueur.
C'est assez d'être fort. Pour grandir, en ce rôle,
Qu'on sache, au moins, au faible adoucir la rigueur.

Vaillant, n'écrasez pas la poitrine frappée ;
Relevez l'homme inerte et le tronçon d'épée...
Succombe avec honneur qui doit avoir vécu !

Protégez ! Autrement vous vous ferez maudire.
Non, ce n'est pas : malheur, c'est : gloire qu'il faut
[dire.
Gloire donc !... Et battons des mains : « *Gloire au*
[*vaincu* ! »

BRENNUS APPORTE LA VIGNE.

à F. Taluet.

C'est mieux. Ton *væ victis* m'indigne,
Brennus, dur chef des vieux Gaulois;
Mais, quand tu nous donnes la vigne,
Je comprends ta force et tes lois.

Ce bienfait est le plus insigne,
Le plus humain de tes exploits...
Tu le sens, à l'ardeur bénigne
Du vin généreux que tu bois!

Le cep, dont tu conquis la souche,
Vaut cent fois ton glaive farouche,
Vaniteuse insulte aux Romains.

Au coteau le pampre se dore.
Pour ton peuple, c'est une aurore...
Saluons la grappe en tes mains!

VICTOR HUGO. — LAMARTINE.

à A. Schœnewerk. — à R. David d'Angers.

Les voyez-vous, tous deux, ces rois de la pensée,
Par deux maîtres ciseaux dans le marbre taillés ?
On dirait qu'en dessous leur âme est condensée,
Tant ils montrent de vie aux yeux émerveillés.

Ces grands contemporains, à la vue avancée,
En qui les temps sont lus, les mystères fouillés,
De deux points, déployant leur aile balancée,
Ont pris leur vol puissant sur nos chemins souillés :

Beau comme un séraphin que l'on voit dans un rêve,
L'un sur son vers limpide et s'élance, et s'élève,
Désaltérant nos cœurs de son flot caressant ;

L'autre, génie au front et flamme à la figure,
Comme l'oiseau des rocs à l'immense envergure,
De sommets inconnus fond sur nous, et descend.

JEANNE D'ARC, ENFANT, ENTEND « SES VOIX. »

à L.-E.-M. Albert-Lefeuvre.

Elle est debout, sous le vieux hêtre
« Beau comme un lis, » au cœur du bois.
Ses bêtes sont, près d'elle, à paître.
Le fuseau tourne entre ses doigts.

Une clarté vient à paraître,
Qu'elle a déjà vue autrefois :
« — Va délivrer le Roi, ton maître... »
Dit, en même temps, une « voix. »

De l'ordre étonnée, elle écoute.
Croyante, elle entrevoit la route
Où sa candeur triomphera...

— Fais battre, pleine d'espérance,
En ton cœur le cœur de la France...
Par toi, Jeanne, elle revivra !

LA LIBERTÉ ÉCLAIRANT LE MONDE.

à F.-A. Bartholdi.

— Liberté, te voilà, digne, belle et sereine,
Dressant ton vaste front couronné d'un soleil.
Comme une aube, tu viens, simple en ton port de
[reine,
Toucher de tes reflets notre horizon vermeil.

De ton pied colossal pose-toi sur l'arène ;
Elève au ciel ton bras, au foyer sans pareil,
Et, calme en ta grandeur, bienfaisante sirène,
Sous ton souffle fécond tiens le monde en éveil.

Tu répands des bonheurs qu'on ignorait naguère :
Ta main, qui ne veut plus des torches de la guerre,
Forte, fait resplendir le phare de la paix.

A toi va notre amour, à toi vont nos respects.
Mêle un peu ta tendresse à ton maintien austère...
Souris, — et ton sourire affranchira la terre !

(*PORTUGAL*)

UN PETIT MALHEUR

à A. Porto.

Vive, et la démarche incertaine,
Sans songer au léger fardeau,
Marie allait à la fontaine
Pour rapporter sa cruche d'eau.

Mais, ma foi! la source est lointaine;
Le grand air lui semble un cadeau.
Leste, elle court la pretentaine...
Patatras!... Tirons le rideau!

Et pourquoi?... Tomber, à cet âge,
N'est pas même un désavantage.
Et puis, l'enfant s'en moque bien!

Elle occupe ailleurs sa pensée:
— « Ah! monsieur, ma cruche est cassée... »
— « Va, ma fillette; ce n'est rien! »

(*FRANCE*)

DEMANDE, — MARIAGE, — FAMILLE

à Emile Lévy.

Il l'aimait ; il n'osait. Il l'aime encore... il ose.
Eh! contre son bonheur il ne veut plus bouder.
Il arrive, timide, et, la lèvre déclose,
Au vieux père, à la mère il va la demander.

Elle, l'aimait aussi. La joue un peu plus rose,
Emue, elle attend... Quoi? Que va-t-on décider?...
Jour de joie! Au désir des deux rien ne s'oppose...
A l'ami de son cœur on vient de l'accorder.

Les doux parlers, alors. Puis, la fête pieuse.
Dans le temple apparaît l'épouse radieuse.
Ils vont réaliser leur rêve... On les unit!

Plus tard, contre le sein chéri l'enfant gazouille.
D'un pleur délicieux l'œil maternel se mouille...
Le soleil de l'amour rayonne dans le nid!

LE MIROIR DE SCEY

à F.-L. Français.

La nuit tombe. Sur la rivière
Calme, ni baigneur, ni bateau ;
Des bords, aucune lavandière
Ne fait du battoir un marteau.

Dans le fond, un géant de pierre.
Le couchant, splendide manteau,
Rougit de sa lueur dernière
La crête grise du château.

Goûtons cet adieu qu'il nous lance.
Avec son ombre et son silence
Que la Loue est belle, ce soir !

En bouquets touffus, la verdure
Découpe un cadre à cette eau, pure
Et plus limpide qu'un miroir.

LE NÉOPHYTE

à Gustave Doré.

Du Christ il a trouvé la doctrine plus belle;
Il a senti passer comme un souffle plus pur,
Et, germe précurseur, sur son front d'infidèle
Un éclair a brillé, venant du temps futur.

Au cloître! — Il est entré. Fort de sa foi nouvelle,
Plein du céleste amour, il plane en cet azur;
Il respire. Sincère, en lui rien ne chancelle;
Son âme, vierge encor, se croit en un port sûr.

Ne voulant rien savoir de chocs, de vents contraires,
Lis sans tache, il se dresse au milieu de ses frères,
Vieux chênes dépouillés, cœurs froids, volcans [éteints.

Il entrevoit sa route uniforme et facile...
Dieu fasse que, pour lui, l'heure coule docile!
Dieu conduise sa vie en des abris certains!

LE RÊVE.

à J.-J. Lefebvre.

Il dort, en sa chambre fermée. —
Dans les doux songes de la nuit,
A travers l'espace, il poursuit
L'ombre flottante et bien-aimée.

D'amour, de lumière animée,
Elle est de chair, et son sein luit.
Mais, s'il approche, elle s'enfuit,
Insaisissable et transformée.

L'objet de son vague appétit
S'enroule petit à petit
En une spirale inouïe...

Et dans les vapeurs du matin,
Lueur au contour incertain,
L'image s'est évanouie!

LA MORT DE SOCRATE.

à F.-J. Barrias.

Donc, l'homme vertueux et pur est là. Le sage
Va mourir, condamné pour avoir trop raison.
Ses enfants, tous les siens l'entourent. Quel langage !
Qu'il s'épouvante peu de l'heure du poison !...

— « Ne vous affligez point. La mort n'est qu'un [passage,
« Effort qui fait sortir l'âme de sa prison,
« Et je vais m'affranchir par un dernier voyage... »
Eux remplissaient de pleurs, de sanglots la maison.

— « Cette âme, laissez-moi vous l'apprendre im- [mortelle.
« Ne me demandez pas, cri sceptique : Où va-t-elle ?
« D'ici-bas, notre esprit peut déjà le savoir.

« Au bout de cette nuit j'aperçois une aurore.
« Nous ne mourons, amis, que pour revivre encore..
« Dans mon suprême adieu je vous dis : Au re- voir ! »

UN PHILOSOPHE.

à. J.-L.-E. Meissonier.

En son réduit laborieux
Le penseur mûri se retire.
Il fouille, ardent, silencieux ;
Une erreur le met au martyre.

Pour un effort prodigieux,
Des rayons, des coins noirs il tire
Ses livres, gros, minces et vieux :
Passion, logique. . et satire.

Il veut victorieusement
Réfuter le faux argument,
Et sa force est déjà prouvée.

Sa table est le champ du lutteur...
Ça ! pour confondre l'ergoteur
Quelle riposte a-t-il couvée ?

LA NYMPHE DES BOIS.

à A.-A.-E. Hébert.

Elle n'est point la muse aux couleurs chatoyantes,
Aux souris provoquants, aux vifs éclats de voix ;
Elle n'aime à mener ni les danses bruyantes,
Ni la course qui met le chevreuil aux abois.

Levant son œil profond loin des choses riantes,
Sérieuse, elle fuit les vulgaires émois ;
Elle va, foulant l'herbe ou les tiges pliantes
Et cherche l'ombre douce et charmeuse des bois.

Elle y porte son rêve et sa mélancolie.
Peut-être qu'elle plaint ceux dont le cœur oublie,
Mais elle n'ouvre point la porte de son cœur.

Bien hardi qui voudrait la prendre pour aimée.
L'amour?... Une autre flamme en elle est allumée :
La divine nature et son accent vainqueur !

FIN

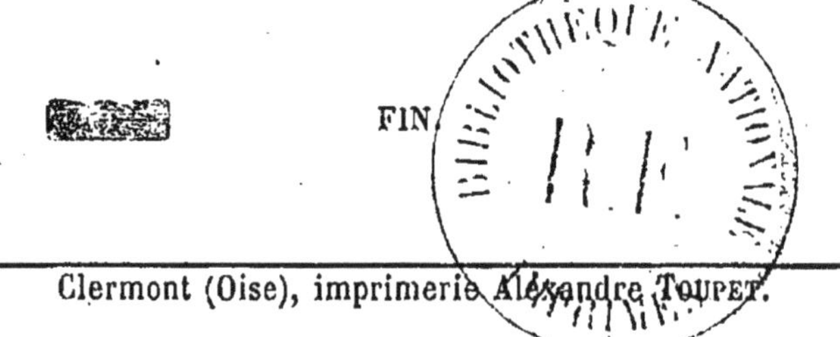

Clermont (Oise), imprimerie Alexandre Toupet.

www.ingramcontent.com/pod-product-compliance
Ingram Content Group UK Ltd.
Pitfield, Milton Keynes, MK11 3LW, UK
UKHW020328220726
13923UKWH00003B/1435